地表上

◉孫維民／著

聯合文叢 606

目次

第一輯 交會

第二輯 代擬

On the Earth's Surface

第三輯 有時

後記

輯一：交會

一日之計

光又再度發現，大力歌頌
這一塊幾乎無人的荒野：
那些我不知道名字的花草
（以及我不幸知道的）
迎接蜂蝶，送走露水。
山邊，一個鷹的家庭盤旋著
茶斑蛇快速通過四月的小溪……

有一片刻我想到惡

隨後，我又想到
娑婆世界從未因你稍減美好

祝福

但願你的心神寧靜
如一小船——在夏天
下午已經過去，雲霞
因為夜色越來越美——
通過湖面，幾乎無聲。
通過畢剝的火把，流螢
字語曲折的航道
西班牙屋頂，台灣的草花

但願你的旅途平安
如一小船通過湖面。
縱使水中也有奇異的
生物，粗糙的石塊
難以理解，不可辯駁
的決定——黑暗的波浪
終會止息，星座仍然完整
仍然熠熠，湖底的寶藏

麻雀之歌

我又來到你的窗前，像是
昨天那一隻，像是更早——
當春日即將正式開始
觀光客走了又來
當欖仁樹發芽，紅葉
落地如心愛的鉛筆
當車站內擠滿了人
在假期最後一天的下午
當隔壁的男孩在公園投籃

他的同學抵達臉書
當你正在洗米
或者複製文件

當雨滴如尖喙，啄食
陽台上的玫瑰和蕨類
當垃圾車來了又走
鄰居們帶著謠言回家
當夜色迅速覆蓋了大樓
列車奔馳如火蛇
當男孩收到同學的簡訊
她寫：「真的假的……」

當你抬頭看不見星
雖然知道那只是幻象——
我又來到你的窗前，像是
明天那一隻，像是更晚

洗衣機之歌

我喜歡看到你在白天持續地工作
當我躺在床上，像古代
氣息微弱的老矣的兵
甚至無力解除沾血的鏈甲——
陰影紛紛聚集（終究
它們也察覺一顆疲憊的心）
前方如惡龍，後方是毒蛇

我喜歡聽見你在黑夜勇敢地工作

（陽台荒煙蔓草，百里內
沒有援軍的蹤跡）
莫非這就是那天使的神器——
此時如刀劍，彼時是戰馬
冷靜、強悍、訓練精良
而且絕對地順服和虔誠

有贈

花店的老闆娘已經老了
現在，她必須戴上眼鏡
為滯銷的玫瑰摘除花瓣
或者檢查八年級的女兒的臉書

她的乳房下垂如缺水的綠葉
斑點迅速定居於雙頰，雖然
她仍然穿著那一件 **Kitty** 圍裙
微笑著，遞給我四枝夜來香

雖然夜來香的氣味依舊

讓我可以暫時出神，甚至
以為發現了時間埋藏的秘密
在一天的移動與修辭之後

雖然，對她，我的愛及幻想
依舊：在海風吹動的房間
晨光嬉戲於瓷白的肩和大腿
當她夢見路人，或者樓梯

但花店的老闆娘確實老了
現在，她畏懼癌症和機車
並且慎重其事地關閉
每一扇通過的門

賣鳳梨的女人

距離上一次來買鳳梨已經半年
時間可以很短，可以
很長，像黃槿樹的花期
機車通過一路口

想必你也能夠同意，因為
你已似乎非你——你
的肉身終於決定變形
如離水的河豚

還有眼睛。我看到的
是製鹽工廠後方的荷塘
九月之不堪，承載著
仲夏的太陽……

發生了什麼事呢？
難道仇敵、天火及風暴
（曾經擊打烏斯地的）
毀壞了你的財產、兒女、健康？

在某個普通的清晨，或者
傍晚，比蜂鳥更神祕的
命運的精銳，是否

早已攻破你的門牆？

你沉默地削著兩顆，三顆
頭顱大小的牛奶鳳梨
八點檔於下午重播
主角抽菸：「啊，海海人生……」

大概你也和他一樣
和我一樣，必要經歷——
即使你不知道戲劇原理
一把利刀握在手中

註：烏斯地，約伯所居之處。

大霧

之一

站在一面巨大的鏡子前
卻看不到任何影像
沒有眼睛、嘴、胸乳、腰臀
沒有左右相反的年老女子
凝望一塊白色彷彿漆黑的金屬
幾乎就要墜入其中，當她伸手觸碰——
甚至沒有七隻麻雀
在背後的床枕和蕨草間

故做人語

之二

霧氣進入室內
（萬能的橡皮擦）它
消除了地板、茶杯、衣櫥、月曆
膝蓋、胸腹、口鼻、眼睛。它
就快要消除
聽覺、知識、記憶

那也不是不好
讓它工作

在廚房

砧板之上
持刀的手仍然有力
切割著紅蘿蔔、薑……
三尾肉魚正在化凍
洗好的豆芽集合於瓷盤中
安靜地，等候下鍋——
我卻以為，等候獻祭

窗口已經暗了
雲和鳥雀匆忙穿越，抵達

你的知識以外。
有人倚靠社區公園的石欄
有人站在電梯內觀望
有人發動洗衣機，然後
喋喋表達自己

這是我們能夠做的
（像在滲漏的小舟裡）：
備妥廚具與餐具
將食物送入油鍋
煮熟、調味，使其
營養，甚至可口
供養老病的肉身

無論樓頂的大耳朵之上
是否風暴離此不遠
是否龍鱗，或者
風聞已久的天使
經過。或者某種儀式
某種不明的計畫
難以制止

掛鉤

早晨10點37分08秒，浴室門後的掛鉤突然掉落，塑膠材質在瓷磚上發出細小短促的聲音。此時，女主人正在瓦倫希亞平原，她未來的丈夫則在215公車上。

那枚掛鉤黏貼在門後已經許多年。她還沒有搬進來，它便在那裡了。它是前任屋主留下的物件之一。因此，它掉落的事實超出至少三人的感官與想像。

或許窗外的蕨類聽到了一些什麼。還有麻雀。其中一隻壓低頭頸，隨即飛離陽台。

晨歌

夢還沒有正式結束
可是火車已經進站
可是孩子變成乘客
可是河面突然曝光
可是機車穿越路口
雖然燈號還沒有換
可是話語像塵或風
可是沉默卻有智慧
手機，奇怪的鈴聲
詩還沒有完全寫好

可是公司在下一站
雖然目標輝煌如星
可是火車反向而行

通車時的消遣

有時我也凝望遠方，沉默
如一個問題
拋進虛空——我聽到斜日下
香附子持續傳遞著訊息
列車進站，然後離開
人影雜沓朝向各自的標靶

在地表的另一處，她說：
「這首歌非常憂鬱……」明亮的
音色與車廂的冷氣交會於**MP3**。

大樓將近完工了，似乎
已經有人遷入
陽台晾掛著胸罩、制服

不顧夜之迅猛的中產階級
開啟筆電。他點擊一則新聞
（阿布達比的首都之門）
隨即留言：「所謂的文明
究竟是什麼東東！
？大大說一下。」

有一刻，我以為，終於
在怪異的旅途遇見知己

像正確的藥
生存的病痛因此減輕——
只是尚未等到答覆，彼
便完全失守於線上遊戲

病理學

冬天的車廂忽然進入一群護校女生鮮紅的外套底下無法制伏的青春雖然懷抱著厚重的病理學多數並不談論細菌的代謝或突變他還對我這樣她說然後這樣她的神情自然幾乎如同奧菲斯死後次日的無風的河面另一些人拿出手機（和世界上許多人一樣）開始玩著奇怪的遊戲

我轉頭望向窗外的夕照與搖動的咸豐草揣測不遠的將來我必定要落入她們手中（和世界上許多人一樣）任憑她們為我打針換藥穿脫衣物甚至移往冰冷的器械旁

邊赤裸且完全無能為力地面對她們的健康及野蠻

交會

靠站的區間列車對面也有一輛不過窗後的男人並未發現我正
在偷偷觀察他低頭疾書一則奇異的故事時間之蠋靜止於塑膠
枝葉遠處有些燈或星的光體而製造大半陰影的是一隻怪物鼻
梁扭曲如政治性格嘴巴像虛空深廣的墓穴既然活到這個年歲
我也必然具備某種程度的狡猾凶狠牠說他寫之後停頓了幾秒
鐘似乎頗為滿意就像所有書寫的人他將自己放置在文本中央
。

頭

列車突然無法發動暫停在某個小站有人理所當然使用i**Phone**有人乾脆走到月台讓心思持續奔馳近處的路燈似乎放大**25**倍的兩耳草月光下池塘的氣味越過石塊及金屬（雖然戰機於高空干擾）抵達下班途中的頭

日暮路遠他腦子裡反覆出現這四個字之後他又不忘典型與個人苦難的關係然而信念形成的方式他並非真正清楚對面的女生從仿製品裡拿出鏡子隨即專注地補妝有人就是較能適應這個錯誤頻仍的世界他憤恨地想

上網的事

之一

荒涼是一冊無人管理的臉書
飄浮在浩瀚的網際網路——
某年，某天深夜
迷途的鄉民 **seraph4027** 點進
十三秒鐘後離開

之二

每天上網平均九小時的 **rawestx2**
窮其漫長的一生
仍有很多很多的網站
（像很多很多的神經元）
未曾造訪。

給賈伯斯

1.

如果走得夠遠
我將可以離開這些低垂如病痛的頭
面向機器虔誠默禱的，這些
新興宗教的善男信女——
我將可以離開他們的神（雖然
祂的回應通常易懂而快速）以及

祂所散發的利齒狀的電磁波
如果走得夠遠

2.

我寧可撫摩樹枝或石頭
或者看風吹過
原始的地表

草叢中，月亮突然飛升——
它是最美的夜行動物
花豹也能同意

過故人莊

我妒羨的不是飽滿的空氣
不是自由呼吸的竹子、油菜、鬚芒草
不是那些憂愁的雲——它們憂愁
每天如何變換形式和小溪對話
直到末日——或是深夜的蟲與石頭
不是如陽光般精巧的音樂
不是隱身的、顯然遊蕩於此的
龐大的歡愉，甚至——
而是久居在這些當中的你
終究沒有察覺詩畫之必要

純淨

我看見瓶花和雲的無聲
在持續三小時的會議中
我想到純淨。然而
純淨是可能的嗎？
甚至孩子的笑臉及淚水
也可能是存活的手段
何況這些熟悉殺戮的成人

手握厚薄的影印、權力——

我也拿著原子筆，假裝
在圖表與數字之間思考

（我所寫的，切忌洩漏
否則會被主管扣點）：

「不斷推著詩句的大石
明知永遠不會抵達山頂」

註：末段提及薛西弗斯。經過卡謬詮釋，這位神話人物甚至近似「只問耕耘，不問收穫」的英雄。世界是功利的，到處都是 the end justifies the means 的信徒。寫詩應該沒有太大利益，而且也不可能所謂的「成功」，因此或許較為純淨。

人工

——為詩辯護

我要記錄這枚煙火似的黃昏
　像為電池充電——
在沒有星月的夜裡
　當生命沉寂、受困，
我希望它英勇地突圍
　支撐我以人工的光熱。

秋日

夕陽提著包包進來
列車就開動了

還有一個博愛座
但它決定倚門而立

它想看看那些雲彩
通過天空向它致敬

它要聽聽草的頌歌
在每個停靠的小站

有人在臉書留言：
「不冷不熱，今天好酷」
「幾乎純潔的光」有人說：
「髹漆著所有物件」

行員戴上耳機，那是
明春的北海道之旅

緊貼著三星的士兵
下周將於隆田退伍

學生持續和糖果玩
棕髮仍然綁著溫暖

即使那名神情怪異的
（我的組長說是瘋子）

也安靜了，此刻
他可以原諒這顆星球

嚴謹的人陷入夢境
庸俗之徒若有所思

一支茶飲的空瓶
也像尋獲的聖杯

果園旁邊的蒺藜
依序開花，跳波浪舞

那些無故受傷的
擁有最燦爛的花瓣

不願意當植物的
可以等候冬日的雨

或者追蹤雁群
變換空間及回憶——

夕陽下車前環顧一遍
它很高興。今天
它做了許多偉大的事
嗯，我也覺得

輯二：代擬

簡介

我現在停車的地方
樟樹正在開花，香氣
混雜著陽光與陰影

一對夫妻在此吵架
昨夜。小孩站在路邊
完全不敢出聲

更早以前，兩輛機車（像

不遠的小行星）對撞
三男一女後來和解

半年前吧，一名藥商出門
剛到巷口，被人開槍
逃到這裡身亡

樟樹和樟樹之間
曾經拉起封鎖線
警方一度在此蒐證

颱風吹壞麵店的招牌

公園積水及膝
那是更早，或更晚

現在，花開得這樣香
陽光與陰影交疊
野狗們也嗅不出異狀

雨

雨改變了 Seven 到手機店的距離
這一場午後的雨
雨改變了退休行員到公園的距離

雨改變了左側樓房牆壁的顏色
這一場夏日的雨
雨改變了盾柱木的枝葉的顏色

雨改變了麻雀站在陽台的姿勢
這一場突然的雨

雨改變了欄杆面向天空的姿勢
雨改變了我對世界的心意
這一場短暫的雨
雨改變了龐大的哲學，微小的心意

一名機車騎士的禱詞

當我行駛在機車道
時速不慢不快
極力避免越線
轉彎一定打方向燈——
當我裝備齊全
全罩式的安全帽
CNS 檢驗合格
還有行車紀錄器——
當我冷靜如冰塊
生命徵象美好

沒有喝酒或鬼附
警察也只能夠按讚——

啊，主
請不要讓那一位
逆向的、虛無的駕駛
將我撞飛——

另一名機車騎士

這一次他相信又再看到縫隙
這一次他想像仍然可以進出
這一次他覺得此刻非常清醒
這一次他以為必定更加熟練

這一次他相信城市旋轉如昨
這一次他想像明天月色依舊
這一次他覺得可以輕易超越
這一次他以為還能通過黃燈

為一名再次住院的女人代擬

你還坐在下午的掛鐘下睡覺嗎，先生
雙手交疊，放在交疊的腿上
你是否曾經夢見妻子的眼睛，先生

那雙眼睛裡有些什麼景物呢，先生
愛比較多，還是恨比較多
抑或另一個傻瓜遭遇無情的男人，先生

可是局勢快要逆轉了，先生
她將不再理你，縱使你想理她

絕望就要關閉那扇長久守候的門，先生

她將像野鳥棄你而去了，先生
真誠懺悔，或者假裝道歉
都將不能讓她飛回你的掌心，先生

那時，你的世界將會改變，先生
從她而生的溫柔與光不再
那時，你將知道世界的冷硬，先生

她還躺在探病時間的床上，先生
沒有睡著，睡著的人是你
她偷瞄到你偶爾醒來抬頭看鐘，先生

未來必定發生的事

之後，他仍然會繼續存活。

那時我在礫石底下
或者冰雪之中
或者成為汙染的細懸浮微粒
進入強大的呼吸系統

之後，他的同類將要聚集
為他生火、覓食、繁衍後代
以簡單的工具寫讚美詩

那些詩裡不會寫說：
「缺乏柔軟的心
正是他的祕技」

有人物的風景

II

你並沒有遺漏那一些細節：
數目、溫差、深處的線條
雲影變化、橡膠和死魚的氣味——
一些思想飄流，通過
另一些思想飄流，通過
但你沒有行動

海面波瀾興或不興。

有船翻覆了
有人溺水了
你仍然站在岸邊
貼近手機：「祝你生日快樂」

V

這一個位置其實很適合你：
不高，但無需想像力
可以俯視和仰觀
熱帶林相及數枚星球
發光，如成熟的公務員
或汽車裡的 **GPS**

一切都已設定。計算是最重要的——
距離目標尚有 **12,243,027**
每天攝取 **2.38** 克的鈉
避眾人之所避
（然而偽裝不可或缺）
英文髒話可以恫嚇弱小

X

「美食和臉書總不能少
開休旅車是沒有錯的
穿 **X** 牌的三角褲，超級必要

尤其在夏日的觀光景點
海風搖晃旅館的窗簾（能省就省
當花則花）及街市的人影
這一切，這一切
其重要性不下於兒子的冰淇淋蛋糕

追隨流行就不會孤單
遠離孤單則不會亂想」
你一直說。我卻聽到：
「當演則演，能做就做」

XVII

1cc精液含有 **5723** 萬隻你
但事實證明
眼前的你最勇猛

大浪阻擋不了
樹枝阻擋不了——
擁擠的競爭者
不是羞愧，就是累死

教一教我秘訣吧
（例如拋棄某些裝備之類）

雖然，可能
我也異常勇猛

一個老人

能夠活這麼長
真的也不容易

像一尾旗魚，逃過
很多很多刺網

像一隻雁鴨，夾帶
槍聲及風雨的記憶

（三流作家會說

你有智慧和寧靜
二流作家會說
你已變成妖怪）
行動遲緩的猩猩
口中還有尖牙
即將病死的野馬
眼裡還有凶猛

一個女人

公的一律叫做帥哥
母的，則當然是咪露
早晨的微笑像偽造的印鑑
吻在這裡，那裏，到處

偽造又怎麼樣呢？
有誰可以完全真誠？
凡事保持關心，一切
你都顯現推銷員的熱情

例如看到早餐店的糕餅
出自地獄般的烤箱
例如聽見某個 AM 頻道
討論若干年前的粉腸

例如街上有倒臥的機車
碎片，還有打手機的人
還有正在奔馳的警笛
以及不在現場的人

回到家裡，脫掉裙子和胸罩
進入浴室，先調製染髮劑
查看股價，賴幾個人

中午想吃日本料理

你的美眉與他的底迪
今天晚上可以相見
一直到十二點，或者更久
今天晚上可以相見

一個男人

這些樹幹、車輛、大小建築
以及兩足無翅的生物
在他眼中
完全是另一種風景：

麻雀變成刺莧或土狼
棲息在櫥櫃上
開啟檔案
出現魚骨、金幣、錐形火山

尚未傾斜的梁柱持續地飛

已經完工的樓梯通向虛無
路標投影
黃葉中央躺著女陰

從冰茶到靈魂
從真理到手機
對他來說
那是她的乳房到七點的距離。

難以斷言他的風景謬誤
（雖然極有可能）
就像你我
他只能夠以人性的眼思索

超完美謀殺案

醫生上星期還說：
「可以準備出院

肝腎功能正常
鉀離子正常
白血球指數正常
沒有發炎現象
雖然血壓偏高

按時服藥就好」

住院的第六天
兒子出現在病房：
「母親神智清楚
說話沒有問題
可以在外勞協助下
大小便及散步
可以坐在騎樓下
看看早晨的馬路」

（對面的小葉欖仁
一隻鳥巢篩著市聲）

媳婦點點頭，說：
「下午習慣睡覺

晚上會看八點檔
對不對，莎莎？」

外勞的眼睛很大很亮
她說：「對啊」

世界

無人知道世界究竟要去哪裡
（它自己也不清楚）
雖然似乎靈敏、快速、充滿聲音
像尖峰時段的機車
絕不浪費時間及空間

機車騎士之一

你的面目不算清晰
因為口罩、墨鏡、安全帽
你的身材也很模糊
和性別，由於夾克及長褲

指爪彎曲在手套裡
腳趾伸展於球鞋中
疤痕、刺青、複雜的心事
藏匿在我看不見的地方

但你也非全然陌生——
墨鏡後面有一個洞
我知道，深廣如春夏
鬣狗和鳥經常逡巡

口罩底下則是牙齒
尖利固執，我知道
可以扯下整塊頭皮
從敵人或朋友的身後

撐起夾克及長褲的
是大同小異的骨骼
還有複製父母的肌肉。

至於遺傳兒女的血管
像城市的街道，匯集
於中央一顆嘈雜的心——
當警察、惡人、監視器不在
它就是規則、意志、我

力學概要

隨著這一次潮水上岸的
除了無數的精子、卵子
還有，如同遠古
那一種力

牠們迅速地交配，生產
各色的童男、童女
有些就快剪好指甲
有些早已查閱臉書

之後散開，向各地出發
嚴守紀律的部隊
某人接近羅馬市區
某人離開熱帶雨林

那一種力（雖有眾多
名號，極少現出原形）
統攝著，無論他們持刀
或在巷弄遛狗

或在捷運站裡奔跑
像風搖動的樹葉
或在未來的廢墟當中

不停地拍照

噢，是它，遍在常在的
讓蒼蠅倒懸於屋頂
讓火龍在清晨舔舐
讓字語輪轉，像頭顱

確認目標和時機——
是它，比程式更精準的
使雞鴨經過小腸大腸
使月球飄浮、變化

野蠻黑暗，那一種力。

即便你有拳法精妙
或者我有怪物附身
也不能夠抵擋

非常極端的說法

至於「愛」這個字
（經常被濫用
和被誤信的）

像精子和卵子
數目眾多、形象類似
浩蕩地穿過一黑色的宇宙
當人還活著——

至於「愛」的真實面貌

只有人死了
才會誕生

假日的四行詩

之一　下午

孩子們又在周六的巷弄嬉戲
模擬著古老的戰爭：
英雄、壞蛋、勝利、死亡……
我也曾以為那是有趣的

之二　安養院

此刻，歲末的日光穿越樹枝
幻麗的影落在彎折的背
像力道不足的手掌，拍打濃痰——
星期天上午，親人們的探視

之三　禱詞

我的境界需要開拓
（主啊，我時常這樣祈求）
　以更多新的軟體
　　將我升級。

給月亮的情歌

怎麼辦，這麼悲傷的一天
就快結束，仍然沒有任何安慰——
似乎無人在乎心之破裂
（這顆仍然不肯死透的心）
眾多的救護車過而不停
似乎神也冷漠以對，無感於
一名倒臥在生活中的傷者

只有月亮始終遙遠且沉默
只有她，整夜注視、跟隨

夜來香之夜

在一日將盡時走進花店
為了自己，沒有其他原因——
那是四枝夜來香，廉價
卻也承擔了艱鉅的使命

第一枝夜來香負責殺戮
白晝遭遇且又再次集結的
戇悷的魔軍，野象，烈馬……
花氣無堅不摧，威猛如獅

第二枝夜來香掌管復活
細雨和微風被它引入竅孔
骨骸抽芽，血液開花，喜悅的
心跳回到剛才築好的巢

匝繞巡視，第三枝夜來香
（前生乃是一品帶刀侍衛）
看守我的睡眠，不讓鼠輩
哀傷，夢魘等等，擅闖

至於第四枝夜來香，它——
當另一天的光線通過百葉——
喚醒我，如將要暫別的情人

以記憶與承諾賜我勇氣
而這麼稀有的幸福，我願意
一些也請突破我的房間
抵達七樓，病重的男童
以及左鄰，孤單的老婦

看雲的方式之一

有人說那像岩石
有人說是下午四點鐘的麵包
有人說那像進港的漁船
有人說是紅拂草
有人說那像曠野中的骨骸
有人說是雜色的山茶

有人說那像嚴重的懸浮微粒
有人說是穿越鴉巢的月光

有人說那像牙牙的嬰孩
有人說是吼叫的獅子

有人說那像落葉背面的蟬嘶
有人說是冬日網球場的落葉

有人說那像天使
有人說是乘風而起的空塑膠袋

有人說那像飛碟，偶然停駐
有人說是永遠

有人說那像放大的白血球
有人說是雀榕的果實

有人說那像玫瑰花苞
有人說是用過的衛生紙

有人說那像地震之後的城鎮
有人說是煙火的氣味

有人說那像每天經過的哀傷
有人說是每天經過的油桉樹
有人說那像海浪推拉的水沫
有人說是灼熱的星
有人說那像雲
有人說是，那是許多

關於散步

多元的年代
我只想做一件事

我要開始行走
於雜草聚居的地表

我要對它們喊：
「憐憫、接納這個浪子

請用露溼的手
包紮我的傷口

為我換上新衣
蜜蜂的黃、蝸牛的灰
讓我的頭髮變色
像那幾叢野莧菜
讓肩膀持續戰慄
但現在是龍爪茅
讓泥沙貼近胸腹
怪誕的徵象停止

讓蜻蜓盤旋似雲
以為我是碎石、貝類」

夏天的太陽啊
用力烘乾血管

清風吹散顱內
劇毒的意念

不要驅逐鴉雀們
柔美的尖喙

不要使我自責
因為如此快樂

經過半生的尋訪
我發現了移動之秘

藉此緩慢的移動
進入另一個世界

即使不張開毛孔
也可以觸碰神

所有的眼目閉合
那是諦聽的耳朵

絕望將我狠狠擊昏
再喚醒我。它說：

「有人崇拜異國
九天八夜、五天四夜

有人喜歡鈔票，與
鈔票交換的貨物

有人夢想高舉如旗
被一根陰莖

有人狂戀網路
無邊際的自由

這是多元的年代
至少好友這樣說

人人有權選擇
許多廣告這樣說

隨便他們怎麼說
語言從來不夠貞潔
（每一支口器都可能
令其誠摯地呻吟）

回到這一塊地表
所以，其上只有雜草
土石、蟲、鳥，缺乏價值的
光線、微風、露水

沒有腐敗的聲音阻擋
沒有所謂的人性

當你開始行走
當你真正地開始」

輯三：有時

月升

每晚，我仰望天花板上的淡綠月光
空氣中有你持續平穩的呼吸——
那是病房的低溫的良夜，縱使
破碎的月只是燈罩反映了儀器螢幕

夜車

夜冗長地落下來了
列車奏起哀樂

鐃鈸、鑼鼓、各種絲竹
全部缺席

蟋蟀、牽牛花、北極星
也編造理由

只有月光到場

可是非常悔恨

她嘆口氣。清輝
灑向不存在的羊群

牠們低頭吃草
偶爾衝撞、奔跑

偶爾將頭伸進車
窗，乘客都在昏睡

由於絕望，他們累了
卻不停地做夢

有人通過夢的路口
如母獅，超商無人看守

有人坐船漂盪
遍尋不著門把

銅鐵、河流、祝禱的舌
藏匿在陰影的溝洞

石塊於石塊間靜止
堅守荒蕪的牢房

彼等太過脆弱

或者極為冷酷

（車長逃得更遠
他被良知追殺）

豨薟們抵達十樓
日光燈管仍然閃爍

乘客呼喊：「渴。渴」
黏膜嚴重地發炎

羊群充耳未聞
智慧手機的鈴聲

月亮也不在意
繼續化妝、梳頭

至於天空，它
堅持，堅持磨練演技

公共場所的氣味
在宇宙間瀰漫

廉價的集體病房
住民無聲地反映：

「讓飛彈來自沙漠
恰巧擊中車廂

輪子不再抓住軌道
像萎縮的手及床欄

讓平行終於交叉
打一個死結

引擎不再重複字句
如痰或積怨。

讓品味初次感染你的心
夜，撒謊且呆板的
不敢和太陽對質的
你簡潔地一齊落下來」

致一位醫生

眾多的肉體，你說，都指向一
一樣的精、卵、創造的標準流程
一樣的變異、分裂、轉移

一樣的山川、奇花、巨獸、煙火
在顯微鏡底下，一樣的
外星建築、當代繪畫、巴哈音樂

一樣的死。沉默像月亮
堅實如停止工作的金屬、拋棄式管線

不再凝視生者的手掌

宿舍房間的燈亮了又關
銀行門口，**ATM** 從不疲憊
拉麵館九點打烊

一樣有人談及靈魂轉世
一樣有人相信身體復活
但你可能另有見解，醫生

致一位護理師

所以，對於健康的堅持
（當然也對於青春
當然也對於愛情）
是你現在的疾病？

看護的閒聊

之一

關於生命的答案，我很清楚
42？六十二歲也是可以
只要勤於保養、注意飲食
再婚不是問題

應該睡覺的時刻睡覺
必須露齒的場合露齒
只要以猿猴和海龜為師

學歷也不是問題

到底有沒有內在性呢？
外貌是靈魂的呈顯嗎？
關於家屬的隱私、整形的價格
我最清楚

早晨，煙燻妝的眼皮底下
兩個或淺或深的洞
藏匿若干怪異的病魔
九具可笑的死屍

註：在《銀河便車指南》*(The Hitchhiker's Guide to the Galaxy)*裡，有部電腦算出一切的終極答案是42。

之二

活著有什麼困難呢？
能吃、能睡
再配備狼心一顆
狗肺兩個

定時管灌、抽痰
不定時擦澡、翻身
維持生命徵象的穩定
和存款的數字——

家屬的疑懼是有道理的

但我也是人類
如同鳥類、蟲類
會死，努力地活著

我老病時
不見得能夠雇用看護呢！
男人騙走了我的錢
媳婦霸占了我的屋

說話給病人聽 1

你看這一扇明亮的窗，由灰白的牆壁四面構成；其實不是簡單的灰白（它的顏色超越詩人的描述能力）。粗糙不平的表層，除了或青或紅的斑點、微弱破碎的指紋，光影也會經常參與，製造深淺參差的效果。其實，輪椅和床的移動、杯碗及湯匙的反射、雜沓來往的人聲、重疊的藥物氣味等，也都刻畫在牆壁中，像當代或古代的線條與圖案，可惜人類的眼睛看不清楚。所以這塊牆壁的顏色，嚴格說來，攙雜了所謂的時間。

（你一定覺得我是糟糕的詩人）好吧。那麼就不必理會牆壁或者時間了。看看這一扇窗。啊，外面有五隻、六隻綠繡眼，正在秋天的樹枝上跳躍。現在第七隻加入，有兩隻不見了——牠們一定是飛到更靠近的那棵柳樹。即使隔著玻璃，還是可以聽見牠們唱歌。

說話給病人聽 2

清掃的婦人每天早晨固定出現。她先掃地，然後拖地，接著清理浴室。這一層樓的病房都由她負責，打掃一輪就需要整個上午。

有時會有額外的工作。今天，她黃昏也來，帶了一大疊乾淨的布簾。她先架好鋁梯，猴子般爬上去坐好，再一個個解開舊布簾的扣環，之後爬下鋁梯，從推車上拿一塊新布簾，爬上鋁梯，再一個個裝好新布簾的扣環。

她有四十歲了，但動作敏捷。她幾乎不曾休假，卻極少顯露疲態。

她坐在鋁梯頂端時，視角比我們都高。我想，她看到的病房——臥床的病患、或坐或站的家屬、進出的醫護人員、各種機器、管線、日用品——必定和我們不一樣，說不定她看見了某些我們從未察覺的事物。

她始終寡言（膠鞋會為她發聲），眼中帶著微笑。而我一直相信：她確實比我們知道的都多。

論救護車

它像神
很少睡覺
隨叫隨到
充滿聲音
但涵義模糊——
喜笑或哀哭
爭執或緘默
放棄或堅持
值得，不值得
這混亂的地球——
我聽不懂

它可能更神。
小小空間裡
有人觸碰
有人輸氧
有人提供嗎啡
為殘破的手
荒涼的眼
疲憊的心——
而在終點
穿白衣的人
準備就緒

論急診室

外面通常有人吸菸
或是講手機
或是很氣憤的樣子
或是很迷惑
完全無辜的樣子，
有時蹲踞在日影裡
有時在新月下站立

裡面通常有人抱怨
也有安靜的魂魄

躺臥在某張空床
注視著新來的人。
他已經死了很久
始終還沒有弄懂
生是怎麼一回事

悼亡

我們的語言
從此失傳
精緻如掌紋的句構
不再有人理解
聲音裡的晴雨
不再有人聽到

世界更強大了
說著粗鄙的話

淺薄的字詞
像癌，又增生一塊

（夜的棺木，很快地
就要遮蔽乾涸的眼）

我們的語言
從此永恆

你死後

有些事情沒有改變
例如月亮——它
還是會出現在樟樹和後門之間
還是一樣安靜
還是會遵循固定的路線
向著那條比較熱鬧的街傾斜，
即使病房裡的人換了
櫥櫃內的東西也換了
即使外勞早已離去，在
另一個家中使用手機——

每隔數日，月亮還是。
會完美地複製。
上一次的樣子。

樂園重現的一種方式

1

你死後，世界並未變得更好——
背叛你的偶爾在冬日買一束花
但他的晚餐仍然精心計畫
且經常以手機拍照貼到臉書

然而，又有什麼關係呢？
世界也只是一朵將要分解

已經腐爛的花。飲食或臉書
則隨時可能荒寂如太空漂流物

2

你死後
有一部分的我
也死了。
那裡變成虛空
可是，死有仁慈的一面：
祂用你的愛

（已經不朽的愛）
填補那一部分
那一部分
在我心裡
如同伊甸

新生活

我必須習慣這一種生活：
在太陽下製造陰影
如堅實的、移動的物體。
在月光中遵守規則
不任意停止，或者回頭。
花香和市招
都沒有改變。
分針與秒針
一樣地協調。
應該吃飯的時刻吃飯

應該睡覺的時刻睡覺。
不會忘記呼吸
讓心持續跳躍——
我必須習慣你不在的生活

關於大海

——贈L和E

每天看見大海的你
看見了什麼

晨光像古代的樹葉
掉落屋頂

傍晚的紅雲沉沒
碰觸地板，如戰艦

而在其中呢
那些無數的房間

遺失的母親在哪裡
遺失的孩子在哪裡

還有複雜的故事
關於龐大、悠久的家族

奇異的魚龍穿梭
從牆壁到牆壁

牠們必定目睹了

然而健忘又野蠻
我羨慕牠們的呼吸
抵抗哀傷的能力
也羨慕藻類和岩石
存活得那麼久

房門關上或打開
水壓便推擠我

用力地把我拉走
送進另一個噩夢

（船難之後的物品
鬼魂也無能為力）
和其他的失物一樣
我在黑冷中漂流

有時

有時我只想這樣：
從窗內看著世界

雨滴懸掛在樹枝
卻並不潮濕

或大或小的風吹過
沒有土味，花香

各色招牌下的人類
一排屋頂足夠遮掩

奔馳於公路的車子
安靜如水中的茶葉

膚淺而美麗的表象
似新鮮的水果

披覆白日的光影
雖然缺乏冷暖

至於深度或真實
云云，已不重要——
這樣也好。我在窗內
只有窗內的下午

有人這樣對我說

我也希望這一條小路沒有盡頭
這些樹葉、花香、令人驚異的雲
和夕照，和只有我們記得的
完全不重要的話題
（例如一隻尺蛾的形態）
我也想過延續——

然而夜色必要降臨。
況且，尚未抵達的地方
那裏的風景最美——

回答

「這是必經的過程
像樹葉終究掉落
雖然乾枯，或者破裂
落葉不減其美
它在時間裡分解、入土
養育另一片草
另一朵花

草色招引粉蝶、蜻蜓
花香讓麻雀歌詠
在另一個早晨……」

我完全理解這個比喻
物理定律和宗教
我也知道一些

還有很多偉大的詩
我也重讀，也
想要相信

謝謝你
真的，謝謝
可是我的悲傷
頑強抵抗

後來 1

我沿著同樣的路
同樣的水聲和反光
將車停靠於樹影
看見鴿子，中老年人
又在天空下運動及散步——
槌球滾向無數的露珠與太陽
被遛的狗就快要接近紅色的亭子
草叢裡的尿騷。牠的主人
繼續滑著手機

石榴還在球場左側
翻唱一首春夏的歌：
「那南風吹來清涼

那夜鶯啼聲悽愴」
天忽然就暗了
鴿子全部飛走（我沒有
翅膀可以追蹤牠們的去處
我沒有能力）桂樹
也已經取代冷氣房
裡面的軟管、針藥、潮濕瓶
外面的爭執和手機鈴聲——

多數的人都很鎮定
有些還對我說：
最後，你終究必須
一個人走那條路。

後來 2

我回到醫院
坐在某個診間外的椅子
牆上還是同樣的海報、傳單
同樣的錯字和裝飾
院內人員仍然佩掛證件
仍然步伐平穩、快速
（醫生出來小便
護士期待下班
掃地的替代役

有簡明的形象）
或許他們更懂人生
完全看不出哀傷

外面，陽光這樣好
建築物和樹的陰影堅實
不像是冬天下午
不像是你死後——
有人開車接走病人
有人在大門口等待
公車遵循一定的路線
經過學校、大賣場、全家、圓環……

我不能停留太久
害怕遇到認識的人
害怕有人跟我說話
面容顯露哀傷

追思禮拜

你從百合和玫瑰中
看著我們

我不敢看你，母親
只能大聲地唱歌

只能坐在長椅上
聽牧師說了又說

他援引章節，強調
神對於兒女的愛

我也希望上帝愛你
但你已經死了——

有人暫時離開
去洗手間，檢查手機

裡面有一段影片
七則訊息、兩張笑臉

窗外，頭顱持續地轉動
沿著欲望直行

又一輛公車進入
高樓重疊的噪音

「靠主恩典，安全不怕
更引導我歸家——」母親

我也希望你在天家
在聖徒及天使間

天父擁你入懷
對你說：「歡迎」

苦難、疾病、哀傷
像凋萎的花朵下墜

（葬儀社的工人，不久
就要清理會場）

（外縣市的親友，很快
將車開上國道）

不要掛念這裡，母親
這個世界不好

丈夫自私，孩子忘恩
媳婦很久見一次面

就讓我們留在此地
繼續製造真理

不要因為淚水猶豫
我的淚水要你離去

離開這些罪人們，母親
世界已經不適合你

後記

這裡的詩顯然不是答案。對於人和苦難，我還有太多的不滿和迷惑，我也只能夠以文學形式記錄那些迷惑不滿。嚴格說來，這些詩都只是一時一地的產物，帶著或大或小的盲點、或多或少的情緒。然而，盲目與洞見的關係，前人早已述及；做為所謂的「有情」，我至今也無法全然免於外境干擾。詩集題為《地表上》，無非也因為有這種體認。

或許，終極且絕對的答案不可能在此生尋獲。艾略特（**T. S. Eliot**）的詩中提到：世界是一間醫院，我們都是病人，若想痊癒，病情可能就要更嚴重些。《維摩詰經》裡則說：「從癡有愛，則我病生。以一切眾生病，是故我病。」關於這個世界，疾病似乎已經形成共識，變成隱喻。我相信確實有痊癒和健康。不過，理解及描述疾病，對其保持警覺，或許也是趨近痊癒和健康的路徑之一吧。

孫維民

國家圖書館出版品預行編目資料

地表上 / 孫維民著. -- 初版. -- 臺北市 :
聯合文學, 2016.08
200面 ；14.8×21公分. -- （聯合文叢；606）

ISBN 978-986-323-174-5 (平裝)

851.486　　105010883

聯合文叢 606

地表上

作　　者／孫維民
發 行 人／張寶琴
總 編 輯／李進文
責任編輯／黃榮慶
裝幀設計／朱　疋
資深美編／戴榮芝
業務部總經理／李文吉
行銷企畫／李嘉嘉
財 務 部／趙玉瑩　韋秀英
人事行政組／李懷瑩
版權管理／黃榮慶
法律顧問／理律法律事務所
陳長文律師、蔣大中律師
出 版 者／聯合文學出版社股份有限公司
地　　址／(110)臺北市基隆路一段178號10樓
電　　話／(02)27666759轉5107
傳　　真／(02)27567914
郵撥帳號／17623526 聯合文學出版社股份有限公司
登 記 證／行政院新聞局局版臺業字第6109號
網　　址／http://unitas.udngroup.com.tw
E-mail:unitas@udngroup.com.tw
印 刷 廠／沐春行銷創意有限公司
總 經 銷／聯合發行股份有限公司
地　　址／(231)新北市新店區寶橋路235巷6弄6號2樓
電　　話／(02)29178022

出版日期／2016年8月　　初版
定　　價／300元

ISBN 978-957-522-174-5（平裝）